U0935008

长啸与短歌

CHANG
XIAO
YU
DUAN
GE

雷平阳 著

LEI PING YANG

中国人口出版社
China Population Publishing House
全国百佳出版单位

雷平阳

当代著名诗人、散文家。1966 年秋生于云南昭通土城乡欧家营。现居昆明，供职于云南省文联，国家一级作家。著有《我的云南血统》《雷平阳诗选》《云南记》《基诺山》《乌蒙山记》《天上的日子》《悬崖上的沉默》《击壤歌》《袈裟与旧纸：雷平阳诗手稿》《送流水》等诗歌散文集。曾获《诗刊》华文青年诗人奖、人民文学诗歌奖、十月诗歌奖、华语文学大奖诗歌奖、鲁迅文学奖、建安文学双年奖等奖项。

陈流

1973 年生于昆明。1996 年毕业于中央工艺美术学院。现为云南艺术学院美术学院院长，二级教授。云南省美术家协会副主席，中国美术家协会水彩艺委会委员。作品入选中国美术家协会主办的第九、十、十一、十二、十三届全国美展。曾获第五届全国青年美展无差别优秀奖。在北京、上海、昆明、台北、新加坡等地多次举办个人作品展。

目录

冻土

清明节，在殷墟

野草和庄稼让出了一块空地
先挖出城墙和鼎，然后挖出
腐烂的朝廷……我第一眼看见甲骨文
就像看见我死去多年的父亲
在墓室中，笨拙地往自己的骨头上刻字
密密麻麻，笔笔天机
——谁都知道，那是他在给人间写信

无定河

大风吹走了我的苦命
病马和残稿，毛乌素沙漠上
我只抓牢了掉队的风尘
落日壮丽，天空里的枯草
在弥留之际认输，接受活埋的
结局。早现的星宿，磷火闪闪
顽固地复述一成不变的命数
意外出现在无定河边：一根枯骨
借我的身体，六神无主地
复活，站了起来。从此，我多了
一份枯骨的活法，以死的方式
活于沙土。它则成了一个诗人
在人世上走南闯北，心上
则打满了枯骨的邮戳，活脱脱
一个匿名的亡命徒

巴丹吉林沙漠日记

在巴丹吉林沙漠的心腹
一片池塘、一座寺庙和几间民房
但没有一个人影
坐在一户人家门前的椅子上
我看见万丈黄沙向我奔腾而来
黄沙的上面是一轮白日
我震颤于压迫与绝望的日常性
觉得自己已经被埋葬于斯
脚边上，一只悠闲地觅食的鸡
红颜色，它冠齿上的红颜色
让我瞬间陷入血晕
“咯咯咯……”它的一声声叫唤
传到耳中，我听起来都像雷霆

蜜蜂

几根松针落下
插在了一蓬野花中间
空荡荡的哀牢山，只有一只蜜蜂
置身在事发现场
受限于自身的虚弱和对蜜糖的占有欲
它没有介入这场事故。当太阳落山
山峦的阴影移过来
它就轻盈地飞走了。野花干枯后
每朵都抱着一根松针
像死去的蜜蜂没有带走剧毒之刺

三川坝观鹭

流水过处，岸边的柳枝、水草和残荷
都成了俗物。唯有静立的白鹭
以出世之美挽回了颓势
它双眸寂淡，光芒收归于内心
身体一动不动，翅膀交付给了灵魂
流水中有几个女子
弯腰清洗着莲根，也打捞水中
一把把锋利的刀子。她们偶尔抬起头来
看见白鹭，一阵慌乱，又迅速地弯下腰去
仿佛看见了肉身成道的某个邻居
我在流水之上的木桥闲坐，无端地
浪费着时光，不在乎流水的道场经声四起
只等暮晚来临，看一看夕阳在山顶上
等待白鹭，夕阳会等多久
白鹭会不会动用自己的翅膀

山中拂晓

此时，旧我还在床上翻身续梦
新我尚未换骨、蜕皮
马还站在拴马桩旁睡觉
江水还在黑暗中清洗自己的黑身体和黑面具
只有无量山天际线上的光，从太阳宫殿
提前偷跑出来，抱着烈焰与黄金
向着鸡叫的人间飞遁

瓷窑

云游僧人了悟
坐在瓷窑里诵经
瓷窑外的草丛，一只名叫“喜鹊”的青蛙
躲在坛子里乱叫
年轻的女子梅花，爬上窑顶
数了一夜的星宿
他们都适时地出现在了自己的
舍身崖上，各怀执着心
其中的悲喜别人不得而知
那些扔在角落里的
瓷菩萨，上面的灰尘
已经很厚了
一直没有等到清洗的人

妄念

北京之夜，睡眠被切碎
脑子里出现一个人：饮铁水如饮稀粥
同时，他的影子里
跳出来一头猛虎：嚼食驯兽师
譬如嚼食烤得金灿灿的一头乳猪
我用双掌拍击自己的太阳穴
对着盥洗池上面的镜子
将自己满头的白发，一根根拔光
他们的食欲并没有丝毫减退
吞尽了稀粥和乳猪之后，又从我的脑子里
破壳而出，在我的房间里
没完没了地吞噬着镜子、水龙头和剃须刀
在嚼食一盏盏电灯时，光明突然消失
他们仿佛受到了电击，这才收回了
伸向铁窗与铁椅的爪子和手
但仍然在黑暗中围绕着我
那个人挠我的痒痒，那头猛虎鼓腹而歌

来往

到过一个个可以安心的地方
我都离开了，这些地方也并无什么特别之处
无非有山丘、树林、野草、溪水
念经的农夫和劳作的和尚
也无非人到了那儿，一声鸟叫，空气，墙上的一句话
一个石礅子，去往寺庙的路桥，一壶茶
雾气中一闪而逝的飞鸟或闪电
无一不是清规或自在
离开他们，形神颠倒，心有戚戚焉
我之爱别离，窈窈冥冥，昏昏默默
竟然是从去处前往来处，仿佛供果又返回枯枝
所幸一路行来，天南地北的客栈和明月
我都欠了债务，得去做苦役，一一抵还干净

干海子

光明自己呈现

用积雪作为粮食
我在夜间开荒种地
庄稼在白天生长成熟，人们
尽管取走，留一点儿籽种
给我，就是善举
如果你们什么也不留下
我在黑暗中做事，光明自己呈现
我担心自己会把刀光和火焰
种植在不朽的石头里
——它会颗粒无收
但它会从土地中站起来
成为我们的墓碑

地下室

我已经有很多个地下室
分别藏匿不同的自己
今天我又在以前那些地下室的下面
开始修建一座新的地下室
以前那些秉性殊异的自己竟然没有一个
乐于重返世间，“上天不仁，以万物为刍狗？”
不是，是我自行破裂
这些碎片仍然能觉察
大地之上的震颤与碎断
它们想藏匿得更深，更隐秘
但我已经是自己的反对者，拒绝了
它们的祈求。这新的地下室
我不会再隐匿碎片的碎片，只会在里面
点一盏灯，灯的旁边
插一枝鲜艳的塑料玫瑰

旁观者

我看见过最冷清的葬礼
一个婴儿的葬礼：他的妈妈抱着他
来到一棵水边的杨树下
用红色的毯子把他包扎结实
挂到了树枝上。树枝承受不住夭亡的
重量，咔嚓一声折断
他掉入了水中。那是冬天，击溅起来的水花非常冰冷
落在了他妈妈苍白的脸上
也落了几滴在唯一的旁观者的衣襟上

提醒

手执火炬在密林里找光亮
端着一碗水跑向大海
做这两件事情的时候我已人到中年
找光只是为了确认天空是否存在
跑向大海只是为了检测自己
是否还有奔跑的力量
如果天空还存在，我不会反抗它
黑暗的一面，高空的黑暗自有上帝处置
如果我还能奔跑，我不会抱怨大海
在道路的尽头望洋兴叹，奔跑的人
已经接受了洗礼，不屑于虚无的挑战
不过，现在我总是戴着老虎的面具
现身于人群中，不是吓唬谁
只是为了提醒人们：有一头虚拟的
老虎，它一直存在于我们身边

在敦煌

给我一座洞窟做书房
我还会在里面堆满经书，在黑漆漆的
空气中，画壁画。让我
昼夜不息地以血抄经，抄出的经书
肯定会有很多的错字和别字
还会有肃清不了的脂粉味
如果你在沙漠中听见我诵经的声音
那一定是秋风吹开了沙砾
一个风干了的云南和尚
他的嘴巴还没有关闭

微光

黑夜之中，北风的怒号里
有人泣血的呼喊声
虽然它的音量处于弱势，但音质尖锐
没有失真，有破空的穿透力
与之共襄盛举，遍野的磷火中
也出现了燃灯者的火苗，一再地被风吹灭
又一再地点燃。微光的四周
飞虫萦绕，尚未远征的翅膀已经碎断成灰

月亮在鸣叫

嵩明县的月亮刚刚升至八步海上空
便开始鸣叫，满天飞着白牙齿
药剂师兰茂说：“月亮鸣叫
马就开始鸣叫，杜鹃花也开始鸣叫
还有脑袋里那山丘上站立的狼群
鸣叫之声，像盗墓人挖坑……”
天地之间星斗在鸣叫，虫儿在鸣叫
万物都在鸣叫。我乘船过海
像一个背着母亲横渡沧浪的哑巴
母亲没有鸣叫
我一再地鸣叫，心脏下面
却没有压着一把小号

红土雪地

金箔

嗨，别闹了，东山这么宁静
翠竹请你停止生长，夜修的法师请你屏住呼吸
不知名的夜鸟如禅机，时叫时隐
也请你静止。我要睡觉，什么也不想开悟
如弘忍那样，退回到世俗的金箔里

去五祖寺

引路塔四周的青檀，松树
山茅草，它们各有外象
但都在道旁，同时关照了我
见一头羊，我给僧人让路
见一块石头，我给僧人让路
见一团林中阳光，我给僧人让路
见了出家人，我给僧人让路
东坡居士来过五祖寺，如今观之
无非草丛里的一头黄牛
我是谁呢？一团云雾
四海为家，万山峰谷中升降
等候着召唤，也要变成一头黄牛

天堂

不止一个人对我说过：云南是空的
无论在哪儿，雨林或雪山，都可以
找出一条大路直通天堂。天堂那么多
在有生之年，每一座天堂我都要去走走
从中挑选一座住下来？哦，不，一个疯人院里的
常客，天堂里买不到我每天服用的药物

薄暮

年轻时他种植热情的
向日葵，从庭院直抵听不到响声的河流
大片金灿灿的向日葵，紧跟着太阳
整齐地转动着圆脸上的罗盘
现在他已到暮年，劳作之苦
世事锥心，他的骨血中已经结满冰霜
时刻需要日光或火焰提供暖意
儿孙们就在他种植向日葵的土地上
为他修筑了一座连绵起伏的假山
每天午后，他就坐到一块石头上
等候落日，降临在假山里

凉州词

一匹幼马想知道自己的主人是谁
在过去的杀伐之野，用节奏飞快而又沉重的四蹄
反复叩问。那些沙砾与枯草之间
很快就冒出了一具具骷髅
而且，大漠孤烟直，长河落日圆
一架向着敦煌航行的飞机正发出一阵阵轰鸣

在香港看鹰

一只鹰，一只真实的鹰
在香港铜锣湾的高楼之间滑翔
我一点也不意外，甚至没有用它
类比飞过怒江峡谷的飞机，我只是觉得
它就像一个来自云南的自然主义诗人
在它眼里，只有天空与自由永恒
高山与高楼，大江与大街，速朽的万物
它们没有本质上的分野
哦，说它是后现代主义的一道闪电
或者飞起来的黑铁？我没这个兴趣

聒噪

梦里被几个恶棍追杀，被几个和尚搭救
惊醒后，仍然气喘如牛，一身的冷汗
见月光破窗而入，遂找了一张纸片
记下梦呓：“那些反对绝处逢生理论的人
他们肯定会反对那些绝壁之上
凌空修凿的洞窟和寺庙。”
准备弃笔再睡，窗外已经传来灰喜鹊的聒噪
接下来，楼下的建筑工地上
几十台打桩机开始作业，房屋在震颤
邻居的婴儿吓得尖声哭叫起来

轿子山—流光

去印度洋

一支年代不详的船队，满载着和尚
经湄公河，驶向了印度洋
在印度洋上消失
那么多的袈裟，海风没有吹回一件
那么多木鱼，一个也没从波涛上返回
这就像大海里的鱼儿
那么多，被带到陆地上来
一条也没有活着回去
只有一根根鱼刺仍然卡在我们的
喉咙中，如此密集，如此隐蔽

土拨鼠与鲸鱼

心上有寸土不让的草原，有滴水不漏的
大海。草原上的土拨鼠，它爱上了
大海里的鲸鱼
土拨鼠挖土的黄昏
鲸鱼在朝着雄浑的落日喷水

以后深山遇见你

以后深山遇见你
松树下面，我们多喝几杯
天上繁星比瓜大，用它们佐酒
醉了，我们就抱紧了
酣睡在人世的草丛里

暮晚

审判庭一样的暮晚
苍鹭从天空收回了翅膀
大金塔的旁边，一群信徒
在竹林中，收起了晒干的袈裟
其他无主的万物，没有被收走
它们围绕在月亮和灯盏的四周
我在山谷中赶路
不知从哪儿传来的钟声
辽阔而又刺骨，把我的影子
一会儿送到身前
一会儿又拦在身后

甘南印象

神在庙里，小花在草原
人们骑着马，提着酒壶，驱赶着白云和羊群
在小花和神之间
反反复复地往来

演员

午后，在翠湖边独坐，数着头顶的海鸥
看见一个和尚，脖子上挂着念珠
从定西桥上走了过来，身上没有一丝尘土
他是那么的与众不同……
我突然就想去当一个演员
在一部接一部的影视剧里
只演一个重复的角色：走投无路的人
悄悄地在深山里当了和尚
这样，我就可以不断地绝望，不断地出家
戏剧性的一会儿在俗世捶胸顿足
一会儿又在空门里穿着袈裟

暴雨

暴雨下了三天三夜
第一天，它是来压住灰尘
拯救干枯的生灵
第二天，它还是那么沉默地下着
我想它是来清洗人间的罪孽
到了第三天，它完全是在倾泻
我知道，天上的血流光了
落下来的，终于是雨水

来历

梦中有人用拳头击打隔墙
问我名头与来历。恼怒这人打扰了我的清梦
但还是披衣下了床榻，对着铜墙
轻声应答：“一只白鹭。”
转身推开临湖的窗子，但见湖山之间
四望皎然，一条小舟泊在窗下
舟头的鱼笼里，赫然禁闭着一只白鹭

树枝

西昭通的阿鲁伯人送给我
一根黑树枝
它的意义在于：它没有生长的记忆
和继续生长的念头
它即现在，它在现在的每一刻
可以眨眼之间变成齑粉
再一眨眼，齑粉成了铁质的利器
当然，如果要让它回归自身
你只要把铁器涂成黑色
在人山人海中挥舞
一眨眼，它就在你的手上
甚至连同你的手，一起变成黑树枝

昆明往事—双塔

微弱

夜深了，就是不肯躺下
抽烟，翻书，一个我与另一个我对话
目的都是为了把茫茫黑夜遣散
可是，这众神隐身之时
再平淡的探讨，只要触及光明
听起来都很恐怖
像是有第三个我掉在了深井里
无望地喊着救命，声音越来越微弱

送信

为落在地上的星斗
为畜生对人类的垂怜
为埋葬在天空里的鸟骨
——像送信人那样
我抓住了天堂的门环
并轻轻拍了几下

虎吼

听到了虎吼
就想活命于老虎的腹中
终身无所事事
与人世隔着一头老虎

我去雾里小住几天

去梵净山，我没什么特别的目的
听说那儿一峰独立
天天都是大雾笼罩
我去雾里小住几天
如果你们上山来找我
请对着大雾喊我的名字

在野

漫山遍野的花儿开了
用手去摘
用眼睛去摘
用心去摘
事情都只是发生在
一个短暂的下午
他说：“我的爱，越是往后
就越来越虚无。”

苍雪

苍雪和尚诗云：

“访旧只疑曾未到，逢君亦是暂还乡。”

他忘记了很多遗迹与胜景

但他始终把朋友当作故乡

我其实并不执着于写作

只想抄袭他

并求他赏我一记耳光

失眠

房间里只有一张床
但他得安排很多人在上面睡眠
他一再将床拆散
又组装起来。他的双眼
一直睁着，却没有看清
黑夜到底有多黑
站在水龙头下冲凉
从他的身体上，冲下溃败的夜色
也冲下了一群失眠的人

晚钟

晚钟只响了几下
我轻叩万松寺的门
开门的和尚一脸怒气，拒绝了我
明月初升，松风阵阵
我在寺墙外打坐
又一个和尚从寺门里出来
他用一把扫帚将我收留
我摸黑将结满蛛丝和尘埃的大殿
打扫干净，坐在蒲团上补课
又一个和尚出现在面前
他把我赶出了寺门
万松寺的四周，青山隐隐
月亮西落了，太阳正在东升

瀑布

瀑布悬挂在石壁上
向下的流水中
有向上升起的鱼群
那一声声的轰响与碎裂
乃是水流在鱼群的身后挖掘陷阱
鱼，多美的鱼，停泊在
弧形彩虹的围墙上，是投降书中
一面愤怒而又永恒的白旗

石头

石头有着蹭蹬的一生
在河床或在风暴。它们也忘记了
大海和远山
忘记了内心藏着神灵的坐骑
它们像翡翠屈服于铁锤
却又像一个个天神摇篮里的婴儿
时刻梦见巨大的奶瓶

白鹤

白鹤是一个美人
在树冠和云朵之间
用裙子赶路。它将埋骨于气流里
它将往来两空
我躺在松针上假寐
唉，松针，这些天空里落下的
鸟骨，它们托举着我
在高出山梁一寸的高空

神侃

海景

在海镜村，一个驼背老人
领着一群身轻如燕的孩子
每天在孤岛间的海面上
走钢丝。他的动机
残忍但没有人站出来反抗——
他想知道，这些孩子
哪些想在钢丝上幸存
哪些想死在大海
或从大海死里逃生

砒霜

在湖边上漫步
他说："这么蓝的水，里面有剧毒！"
我说："我的泪水和血
以及其他体液
也含有大量的三氧化二砷
俗称砒霜！"我们原本只想谈谈诗
诗的风骨，不可预测的探险
一个个自诩为诗歌守灵的人
但话题一旦改向忧患与悲愤
就会像脱轨的列车
毁灭之时才会停止
哦，说到诗歌中的砷污染
我们面面相觑，一时语塞
不知道该以哪一位诗人为例

天空里喝酒

我常常一人在天空里喝酒
地面上的亲朋们
他们一直想不明白，我为什么要一个人
在天空里喝酒：“为什么？”
他们忍不住问我的时候，我往往
酩酊大醉了。舌头肿大，思想混乱
根本回答不了他们的提问
只会像头狮子，在天空中
发出一声声空洞的怒吼

无题

雪水断绝处，声音长出青草
云朵解体的地方
一只喜鹊静静地飞过人世
我本猲獠，居住在石头房子里
有鬼，有神，有一堆雪豹的遗骨
没日没夜
在我心上逃亡

南宁的扁桃树

窗外，太阳的余光照着蘑菇云似的
扁桃树，南宁呈现出大面积的灰色
因为有人在浓绿之中掺进了
红色和白色，也因为太阳正在落向云南省
街道上升起了古老的暮色
我在宾馆房间忽然暴躁起来
把随身带来的一本书合上，继而
撕得粉碎，因为它在描写黄昏时
来了这么一句：“你看，你看啊
天空已经放出黑色的猛虎……”
为什么它要说得如此准确呢
不留一点儿余地？而我只是
模糊地认为：天快黑了
宾馆外面，站着一群伺机而动的野兽

鹧鸪

点苍山中，有人在杜鹃花下
酿酒。春风大作之日，邀我至山脚
赠了我一百公斤，然后转身归山
背影如一只喝醉的苍鹭
独坐在酒坛上面，我想起了
那年中和峰里访高山杜鹃
曾在一座花粉染红的
悬崖下，喝空随身携带的酒水
躺在青草中，听鹧鸪呼喊同伴
同伴去了他山，喊来的是一山落红
和夕照庵里几个采茶的尼姑

审判

事实上真理没有被出卖
而是被私藏了。这就像狮子审判牧人时
我们都不在场，而且永远也不会知道
牧人为什么成了替罪羊

头顶闪闪发光

天空在落雨
我得积存几缸雨水
下雪了，得腾空地下仓库
储存白雪与储存白银
性质相似。不过
天上掉下的东西
我其实最渴望珍藏
彩云和飞鸟自由的影子
闪电和雷声。为此我曾长久闭目
想象所有被遮蔽的空间
都可以存放它们
在夜幕降临之前，身边的人们
忙于收藏落日及其光芒
我没有介入，站在黑夜的一边
静候天空里走下来一个
头顶闪闪发光的人

大灵魂

一再地反对
在南迁的鸟群里暗藏逃亡之心
北归之日又怀着子弹的愿望
向着活埋自己的地方飞行
——他生活在过去
而且创造过去。过去的空间小如洞穴
他说：“我已经不再信赖文字
它们提供的空间可以放下我的书桌和床
但放不下我的灵魂！”
他认为自己必须在文字之外
另建一座宫殿，而且
宫殿的选址与建造，可能会突破时间
也可能另造一种时间
哦，他再也不会出现在我们身边
在过去，在过去之外
他将致力于掘墓，致力于死灰复燃

月光与面粉

在月亮里开采白银
与在自己的骨头里支取面粉
性质是一样的
月亮隐身后，不会再有月光
在我的白发上冷冷地燃烧
黑夜将重返黑暗
唯一的好处：从今以后
我不用再往返于人世与月亮
也不用再把骨头提前磨成面粉

闪电

闪电在群山里追击一匹马
马的速度更快，闪电击中了一堆草垛
又击中了墓碑
最后一击，击中的是寺庙前的古柏
马停止了奔跑，在放生池边饮水
抬起头来，终于看见主人的墓碑折断了
草垛和古柏在燃烧

山痕

水底下的听众

又一次在卫东桥边的假山下
遇上了那个拉小提琴的中年男人
今天黄昏，他拉的是《梁祝》
桥下的睡莲，叶片已经长大
一片连着一片，仿佛水底下的听众
每一个人都撑着雨伞
水面之上，与往常别无二致
我斜靠于假山，听着琴声一再呜咽
那只多次见过的鹭鸶，一身白衣
在伞顶上低头散步，边走
边与伞底下的人说着什么

苍鹰

苍鹰还飞在天上
他们就把它们埋葬了
从云南到贵州
山丘之上到处都是苍鹰的陵墓
没过多久，他们的追随者
突然崇尚自由的飞翔
挖开一座座陵墓，寻找图腾
墓穴中竟然挖出了
一堆堆苍鹰的白骨

躲闪

大雾漫上山冈时
我们彼此看不见对方的眼睛
在松树林中
谈论着一个老人的死
雾散了，一座座山冈露出头来
山谷里的人间，高举着寺庙的
金色塔尖。我们互不躲闪
直接谈到死亡，对死前和死亡的过程
口若悬河，但对死亡的未来
一句话不说，等着大雾
又一次漫上山来

薄冰

一只白鹭，飞到池塘边
是一个年轻的修女
往水底藏匿白袍
但当它朝着我飞过来
这只白鹭，留给我的
一定是哀鸣，或者
绝望之人口里含着的一块薄冰

兀鹫与游隼

山巅上的孤松，在倒立中生长？
兀鹫的认识有待确认。游隼善于曲线俯冲
以便看见自己的脸，每次看见的
却是那棵松树在模仿自己飞翔
事物中鲜有统一的真相
无须争执。可以肯定的是，兀鹫与游隼
也是人类，它们停在山巅的时候
同样喜欢像人那样，剥开松球
在一个个夹层之间，拿出嫩香的松仁

黄昏的美学

黄昏，滇南的山冈上
落日为灰白的石头穿上袈裟
剑麻收起了刀光
松与桉，灌木和荆丛
安静地跟在回家的农妇身后
包括流水、幽灵、残月、孔子庙
纷纷穿上了黑袍
众生均已安排妥帖
就等天空骤然变黑
就等暗中有人发出一声声长啸
那哑剧里的蝙蝠和黑豹
才会破空而来，带着更加黑暗的
惊悚的，黑闪电一样的美学

滑落

在菩提树下纳凉
一个老翁，须发皆白
远处的池塘、白鹤、莲花和竹林
是他的世戚、故旧和门生
他在清风明月里睡去
什么都已经放下
那本从手上滑落的书卷
汉字都走光了
空遗一张张白纸

蚂蚁

树叶上的一只蚂蚁
它看象群过山
看日落。它每天都看
身体里面，有象群和象冢
也有一轮太阳
隔着黑夜
没完没了地喷薄

大海

从大海上归来的幸存者
我几次去海上送死
均被他们拦了回来
然而，那些葬身于大海的人
每天都在召唤我
诱我以彼岸、自由和辽阔

厨子

到了山顶，我觉得自己
还活着。回到山下
我便是一个死去多年的寺庙里的厨子
现在，我饥寒交迫
赶着一匹瘦马
拉着一辆空车
去山腰的寺庙偷运供品和云朵

相信

有没有这样的奇遇：在某个草木绝迹的
隐蔽场所，一张菩提叶平躺着
慢慢地腐烂，最后只剩下叶脉
有一天，空中又飘来一张菩提叶
坠落在网状的叶脉上，并开始
新一轮缓慢的腐烂……
我并不是好奇，我相信循环
相信美的消亡和死亡的重叠

红土流云

盲棋

黄昏时太阳往下落
有人安慰我
“太阳落下，只是为了从反面
再一次照亮天空……”
我生活在他所说的反面
夜色茫茫，冷飕飕的甘蔗地里
和一只萤火虫下盲棋

怒江上

在丙中洛，我想有一座房子
建在飘着经幡的雪山脚下
在丙中洛，我还想有一座
插着十字架的坟墓
怒江的水，从平躺着的墓碑上流过

觊觎

剑麻由内向外翻卷着灰
每张叶子的外形
仍然是剑，没有一张
主动焚化成灰烬
它们的旁边，生长着仙人掌
一样的浑身灰色
一样的尖锐，每只迎面扇来的
巨掌，刚烈并且多刺
在这个立足点上
动物园与植物园没有什么不同
老虎、雄狮、金钱豹
已经身陷囹圄，目光、心力
骨头，提前沦为了齑粉
但它们仍然觊觎着自由，在铁栏上
把牙齿磨得比钢刀还锋利

守护

每次登山，我都给山顶
带去一颗
写满汉字的石头
或者种植一棵松树
石头渐渐堆成了一座坟
离天很近，松树守护在它的四周

诵经

四周的芭蕉林和竹林里
虫声唧唧，几束阳光从不同的窗口
照射进庙子。那儿的寂静
明亮而又清洁，即便有微风
从前门去往后门，地上一尘不染
吹不起一丝灰烬
我愿我是那菩萨座下诵经的少年
我愿我这卷经书诵完之后
菩萨许我，穿着绛红色的袈裟
去澜沧江边，看一会儿沐浴的少女
菩萨啊，少女啊，一个在我静默的庙中
一个在我流动的江水里

反角度

反过来看，旭日是落入了天空的巨坑
落日则升上了夜空
我们悬空倒立，脚上还托举着
统称为大地和大海上的万事万物

稀薄

科普读物上说，兀鹫特殊的
血红蛋白，可以让它们
在氧气稀薄的高空，吸收到少之又少的
氧气，所以它们飞得最高
我对飞得最高的鸟儿心怀警惕
见到地上的尸体，它们俯冲的速度快如激光
而且平时沉默如黑铁
那一刻却总是鼓腹而歌
餐腥啄腐或挖人祖坟的人
书本上不少，生活中也能碰到
兀鹫，我是在文字里第一次认识
同时被它旁边的“稀薄”二字所吸引
稀薄，稀薄，多么朗朗上口
稀薄，稀薄，多么令人不寒而栗

我亦如此

1080 年 3 月的一个黄昏，乌台诗案过去
刚好三个月。苏东坡在江边独饮
落日孤单，江水尚未转暖
一个渔夫走近他，语音如江底的石头滚动
“每天，都有人在此投江
我把他们打捞上来……”
已经走远了，话还没有说完
苏东坡对着他的背影大喊一声
“我也想投江，请你把我打捞上岸！”
诗人心底都有一场自己的葬礼
苏东坡如此，我亦如此

阳光

我不相信阳光是假的
它从树丫间投来
方方正正的一块，像一张宣纸
我用毛笔，蘸着泉水
在上面写字
每个字都不现身
消失在光里

红色的大象

此刻，没有入睡的人
已经是少数。而且他们已接受我的邀请
关掉灯盏，静静地听着
夜空中那些翅膀折断的声音
之后，万籁俱寂，没有入睡的人
也假装睡了，小心翼翼地在夜空里攀登
不往地面掉下一滴眼泪
我无事可干，用红纸剪了一群大象
命令它们，在我的书房里
向声息全无的夜空游行示威

欧洲写生

入山

独自入山的人都是去找个去处
很多都找到了自己的墓地
躺在了山中，只把诗歌留了下来
我还没有找到，还在丘壑之间
当一个诗人，也当一个守墓人

落日

在太阳落下的山谷中
建一座金字塔
不是为了埋葬，只是希望黑夜笼罩之时
太阳可以停顿在法老的坟墓上

书中的血

今天上午，飞速消逝的
除了时间和钟声
还有我大脑里闪现的雪崩
报纸新闻里的枪响
小说中国王与农妇的爱情……
阅读这本小说的时候
读到了作者草菅人命
特别是假国王之手，嚓的一声
就剁下了一颗传教士的头颅
我就像往常那样，把书合了起来
并把它悬空吊在水龙头上
直到书中的血，一滴一滴
自来水一样流光

白银

以前，有人干着清凉的活计
从苍山顶上背着积雪
来到夏天的大理城出售
必有一个个清凉的买主
用白银，买下烈日下的稀罕物
放在口里，迅速融化成水
或者毫无用途，买下苍山雪
就是为了把白银变成白雪
很多年不见有人干这活计了
也不知道大理城里还有没有白雪的买主

蟋蟀

一只蟋蟀
在黑暗的山中
用叫声制造炸药

伐竹

登山及顶，有古松成片
清风吹动单衣
几座古墓的对联也写得贴心，不羡死生
我想坐上半天，看青草凌乱，看白云变形
但电话响个没完，一个声音在咆哮
“快速下山，喝酒，吃肉，畅谈
多年不见的老友已经到齐！”
我斫一根竹子扛在肩头
下山路上，逢人便说：“春酒上桌了
我伐竹而归；春酒上桌了，我伐竹而归！”

我不知道

到了晚上，白云还在天上
但已经看不清楚
白天，星斗也仍然在天上
但也难以在众多的光芒中
将它们找出来
有人把自己送入空门
他们也还在世上，却没了踪影
——我已经羞于谈论自己喜爱什么了
凡是我喜爱的，都找不到了

山中

离开基诺洛克小镇，走在
前往杰卓老寨的山中
蜕皮成一条新蛇，我新生的皮肤
却禁不起太阳的炙灼。为我送行的祭师
他也有难言之隐：“如果死去的人
争先恐后地回来，牛皮大的基诺山
就会堆满活着的坟墓……”
他倦于说出人世的艰辛与无助
但他委婉地表述了基诺人
生与死的自由市场上
生命价值的虚高与虚脱
我无力与他唱对台戏，遍山的
荒草根下，都埋着他的信众
我只能彬彬有礼地与他告别，一个人
边走边听，看这座人鬼混生的山上
还有没有一个人和一个鬼
互换了躯壳，却仍然发出相同的啼哭

离合

劈柴的时候，误伤了手指
他们就会放下斧头
祈求树神的宽恕，也向手指致歉
祈求手指的灵魂不要借故远走
如果亲人死了，他们则视为
自己的生命也死掉了一部分
就会在身体上挖个小孔
存活亲人的一点血肉
或一根细小的骨头

悬崖

秋蝉鸣叫于弥留之际
像不会停歇的闹钟，心里超量的善
进入了恶的轨道。在森林尽头的悬崖上
几朵艳云在跳伞，想象中的沉重
比晚风还要柔软很多
我静静地眺望着霞光闪烁的勐旺河
只为接受黑夜降临之前，孤单
木讷、虚无对我的审判
在勐旺河里，在悬崖的下面
我将是一个新生的恶棍
生活在更多的反自然的恶棍中间
有人曾经到过这座悬崖
看见过河山的宁静，但他们都在离开时
突然转身，跑向了云朵
我没有找到厌世或乐观的秘密
也想跳下去，却被指定为油漆工
每天在生与死的连接处，重复性地
划着一条黑白颠倒的分界线

沉默

把池塘里天空的倒影
称之为第二片天空
在哀牢山的余脉，一座荒废的寺庙里
我以为自己发现了神秘世界身后
那一道暗中的门。扎了竹筏
我在上面掀开一张张巨大的睡莲
——水底，横七竖八地躺着
一尊尊菩萨，每一尊都长满了碧绿的苔藓
它们之间的缝隙
只有水和时间
一直在充当和尚与信众
缩着身子，无声无息地穿行

池塘

我继承了一笔只能描述的
遗产：池塘的四周
长着各安天命的蒿草、大麻、紫藤
水面有浮萍，但让死水
更加静默的，是虚空之上一层层堆积
一层层腐烂的朴树和榉树的落叶
水面和穹苍之间，斜挂着几束
丛林间透射过来的阳光
成群结队的蝴蝶，闪烁着，从那儿升入天国
它们没有代替我，我仍然坐在一棵树底
一身漆黑，却内心柔和
仿佛有一头大象在我的血管里穿行

燃烧

一朵朵云，不知从哪儿飘来
在生杀予夺的天空
变幻着不同的外形
奔马、天鹅、绵羊、野狗……
我很在意它们是什么
细辨肉身，证明我还是一个用肉身活着的人
然而，当它们在落日中燃烧，自愿
化成黑色的灰烬
我却有肉身之上的蒙羞之耻、自焚之悲

石林

芦苇

秋风吹开罩地的夜幕
露出了小黑江边的芦苇

像八百媳妇国八百个柔若无骨的女首领
穿着白衣，追随一身沉疴的国王
逆江而上，北拒元朝军队的铁蹄
像白衣没命军战象背上
一心送死的战士，在梦里
给未亡人，送回的白骨和象牙
像贴地枯荣的荒草，高举一根根山茅草
在流水的镜子前，模仿芦苇
像一些枯死了的芦苇，从火焰中回来
悄悄插身于白茫茫的芦苇……

其实，那是冥河岸边，夜夜守望
没有等到渡筏的基诺族女子
——她们卡在了俗世
与天堂之间的流水里

仿古

不知好歹的世界给我摊派了
一盘棋，它是残局
我在一棵松树下铺开它，无视黑白
不动一子。棋局中不会出现
我想要的结果，而且
结果也远比烂柯和末日
更难以企及。身边有流水、清风、鸟啼
心上也端坐着一个空无的僧人
但我一直在盼望头顶的树枝
尽快落下一颗松果
击中棋盘，搅乱这残局
这棋，我动不了它，也不想
无休无止地下下去
我的雅兴和韧劲，我的心智，我的风骨
在浮世，已经被消损得干干净净

荒山上

在靠近边境的一座荒山上
碰到一条草丛中啃食骨头的白狗
它弓着的脊背、腹部上甩动的
一排乳头、肮脏的白毛
开显和勾勒出了一种很少有人抵达的
尽头上的落魄与孤苦
四周几十公里没有人烟
它是不是丧家犬，我不知道
它的喉咙中不时发出呜呜的响声
牙齿与骨头不停地冲突
激烈的破碎之声，让我觉得
它是在啃一块石头，或者
是在啃自己的骨头
我内心惊悚地坐在山顶，看悬崖、峡谷
远山和落日，互相没有打扰
甚至从我来到又走掉
它都没有抬起头，看我一眼

两头大象从我身边经过

它们轰隆轰隆的脚步声
突然就从树林中传了出来，伴着枝条
折断之声和汽车轰鸣似的呼吸
土地在震颤，空气像受到冲击的玻璃
当它们出现在我的眼前，庞大的身躯
像两座移动的皇陵
像寺庙中的两尊大神
走下神坛，向人间迈开了步伐
那一瞬，一种生命对另一种生命
散发的天生的威慑力、冲击力和统治力
令我内心崩溃，令我眩晕，令我窒息
令我的体量缩小，再缩小
它们从我身边经过，视我如无物
我主动示弱，藏身于灌木丛
目送它们远去，双手死死抱住自己
像抱着一头侥幸逃生的小野兽
像抱着一棵突然软下来的松树

山谷中

它具有事物流逝的方向
和窄门。很多人曾经在其间来往
灵与肉，浮沉明灭，纷纷扬扬
我从那儿路过，几十公里的通道上
唯有石头与流水
风和云朵，虚实无常地变幻着人形
我也将被替换，替换我的
我希望是另一个我——
蜕皮的大蟒，沉睡中拒绝苏醒
横卧在荒凉的石头路旁边
像一截长满青苔的朽木
上面坐着一个，目光清澈
来自老挝丰沙里省的小尼姑

狐狸

楼下的妇人又开始弹琴
数年如一日，每晨重复 1234567
且放声跟唱，或低吟，或长啸
不知要顽强地倾吐怎样的心事
听烟铺的老人谣诼
此女绝色，有墙桃之媚，无劳作之累
一辆宝马，只在夜中迎接
疑为时代的狐狸。“写诗需要宁静”
他劝我投诉，叫人破门逐狐
我一笑了之，隔着一层楼，天天听琴
兼听窗下电动车报警器的叫鸣
于无声处，写些妖气上蹿的诗句

自白书

我对宗教敬而远之，于是我
得不到洗礼，也不需要
向谁忏悔。我对正在虚度的时光缺少信念
所以我生活在铁笼中，也不会觉得
铁笼子里氧气稀薄。我对未来
从来不幻想，不幻灭，为此我在诗歌中
杀鬼，埋魂，不存半点私心和野心
——我只是一具行尸走肉
和所有的行尸走肉生活在一起

镜子

向镜子里的自己问路
我弯着腰，他也弯下了腰，尽显迷失者
在迷途之上的谦卑
我想去荒野上走走，但找不到
通往荒野的那一条路了
清风和白云已被锁进了保险柜
自然的引领者与生活的日常性
一一被封存。我得在个体的空间内
凭空生造一座圣殿及其附属国
被人强行拿走的那个世界
姑且称之为泡影
我会创办一张小报，上面的内容
血压、胃穿孔、白发、心悸、妄念
心跳的次数和噩梦……
哪儿都难以安身立命，虚设的荒野上
也立着一面镜子，我终于看见了我
也看见了一个理发匠，正用剃刀
剥剖一只只汉字一样的蚂蚁

我震惊于自己的盲目与心细
震惊于自绝、封闭和幻觉
但我已经羞于说出真相，每个地方
都有和我一样的人，他们的每根发丝上
都有弹洞，都沉默不语

哀牢山的后面

迷上终南捷径的人不少，我到这儿来
丧家犬不谈隐居，内心孤愤者
难以聚石为徒。我只想
与山水喝一杯，与还俗的和尚喝一杯
与草木和草木中的虫蚁分别喝一杯
天上的明月啊，你是哥舒白和泉溪的朋友
我要与你喝，不记杯数，只求一醉
如果我真的醉了，土地庙的旁边
抱着一棵松树，且让我哭一会儿
——我的白发里，存放着
一个诗人虚无的魂魄与骨灰

在楚雄市中山镇

一家牛菜馆的门前，放着一个
剁下的牛头，麻雀三五只
啄食着上面正在变黑的血滴
山中，有人在大声说话
像在堵死了的矿洞里求生。我也想
获取一线生机，但是，那一个
钻进水窖等待流水的人
她已经垂垂老矣，学会了放弃
——她比麻雀更蔑视我
她已经不再设想什么泪流成河

清明

给父亲上坟，我带了几桶水
我担心，他坟上的草，不会发芽
我害怕，埋葬他的泥土
风一吹，便抛弃他。我的心脏
又一次空空荡荡，人间就要断水了
我死过一次的父亲，在土中
会不会又死一次，而且是渴死
——天啊，云南已成焦土
跪在父亲的坟头，我把泪水
一半给了蚂蚁，一半给了自己的嘴

独处

坐在炸药堆里，我想抽支烟
该走的都走了，不该灭绝的那些
正在灭绝。今年的大旱
加剧着我违禁的孤苦
身上装着的这袋干净的泥巴
化成了乌有，稼禾有灵，在蓝色天幕上
跪在太阳的面前，有气无力地哭
我只剩下想象，仿佛在炮火连天的战场
漠然地独处。一个虚拟的证人
他不知道世界就像一个作案现场
他也不知道，鹿死谁手

山路

菩萨眼角的泪水

这时候，天上有火，地上的鱼
举着锋利的骨刺。我在的山中小庙
几个和尚，耳贴石头，里面的水声
令肉身着迷。我不想与任何人说话
请别聒噪了，亲爱的小鸟
请别骚动了，丢掉了故乡的青蛙
我想在绝水的地方静一静
假装不知道自己身处绝境
这种通用的干渴与绝望
宛若神圣的种子，它想发芽
它想在菩萨的眼角，得到一滴泪水

无题

寂寥山水，痛恙人世，我驱车且停且饮
头顶上的铁锤敲着，一把刀
在乌云的铁匠铺里锻打了多少日子
心在乌蒙山中，身老湄公河
时刻都会出现，那自上而下的
致命一击。与星空、绝壁、虚无
难以对饮，它们都是审判台
而我死期未至，装满胸腔的千万吨钢铁
没有卸下，还没有转化成冰
或融化为水。在临沧，凤凰树下
和邮差推杯换盏，我想喝醉了事
他却怀揣几封报丧的信
为不知名的死者喝一杯
那凌厉的晚风，吹得我头痛欲裂

行为艺术

深陷囹圄，我仍然固执地
向往独立；在亡命徒似的生涯中
我仍然梦想着逃亡……
我与世界无冤无仇，言行
出自本能，思想具有私人性和保密性
从不危及他人。在自己的身体上
修地铁，挖煤矿，种南瓜
埋地雷；或者取肋骨，割舌头
割耳朵，掏眼珠，捶下体
最出格的一次，我模仿中唐诗人张籍
偷来一本《杜工部全集》，在街边
把它烧成了灰，拌入饭中
吃得热泪滚滚。我给自己
设定了底线：决不
拉人入伙，决不妖言惑众
决不与人为敌，只能铁了心地
往死里、无止无休地折腾自己
我想，这就像在铁屋子里
自己给自己开批斗会，没有什么
不可以，没有什么值得同情或反对

暮秋

继按摩店和茶叶店之后，楼下
一家西班牙餐厅又倒闭了
伙计们脱掉了西服，向外面搬着
酒柜、木桌和沙发。趁老板
在角落里发呆，一个伙计提议——
“我们来一次摔碗比赛？”
他们把所有的瓷碗和瓷盘
从窗口扔到了街面上，碎片翻飞
老板的妻子患有抑郁症，来到
另一扇窗口，爬上窗台，带着一脸
的笑容，跳了下去，落在那些
美丽的瓷片中间。那时候
秋天已接近了尾声，附近有人
正在忙着用银杏叶生火，他们打赌
看谁的火焰里，可以留存
不会变成灰烬的叶片。就像那个
跳楼的女人，她死了，衣袋里
还有一沓不会死的账单

睡前诗

天快亮了，鸟啼刺耳
沉沉大睡的人们，就将和世界
一起醒来。趁此无妄
与安静，我得写一行字
留给黑夜："整个晚上我都在厨房里杀鱼
鱼身都洗干净了，放在冰箱里！"
随后我在书房里倒头便睡
一双满是血腥的手
却怎么也带不到梦里去

过哀牢山，听哀鸿鸣

很久不动笔了，像嗜血的行刑队员
找不到杀机。也很久
提不起劲了，像流亡的人
死了报国的心
我对自己实施了犁庭扫穴式的思想革命
不向暴力索取诗意，不以立场
诱骗众生而内心存满私欲
日落怒江，浩浩荡荡的哀牢山之上
晚风很疾，把松树吹成旗帜
一点也不体恤我这露宿于
天地之间的孤魂野鬼
我与诗歌没什么关联了，风骨耗尽
气血两虚，不如松手
且听遍野哀鸿把自己的心肝叫碎
——当然，它们的诉求里
存着一份对我的怨恨
——我的嗓子破了，不能和它们一起
从生下来的那天便开始哀鸣，哀鸣到死

养虎

天空中有人在赶路
养虎的和尚抬起头，放下手里
用面团揉成的羊羔，匆忙的
脚步声令他不安，就仿佛
他也在赶路，或被人带走了
揉了这么多年的面牛面狗
注入了太多的心血，它们都有命
用它们养虎，他深感罪孽深重
不堪的是，老虎的眼里
面团揉成诗人、揉成鬼神，仍然是
面团。老虎越来越讨厌欺骗
它最想吞下的，其实就是
这个穿着袈裟的光头
是该有一种食品，一咬就喊叫
一咬就出血，一咬就在挣扎与反抗中
死去。老虎的愿望无可厚非
只要和尚以身饲虎，便可拯救和
自救。但是，对峙仍在天空里续接

——老虎想吃和尚，和尚
一如既往将面团扔进虎口
耗着，斗争着，绝望着
老虎与和尚，身体的地下室里
都还养着另一只老虎，都在怒吼
高过生死的欲望比万物
还要古老，还要持久

丛

大象之死

它送光了巨大身躯里的一切
对没有尽头的雨林，也失去了兴趣
按常理，它对死亡有预知
可以提前上路，独自前往象群埋骨的
圣地，但它对此也不在意了
走过浊世上的山山水水
只为将死亡奉上，在遍野的白骨间
找个空隙，安插自己？它觉得
仪式感高过了命运。现在
它用体内仅剩的一丝气力
将四根世界之柱提起来，走进了溪水
之后，世界倒下。它的灵魂
任由流水，想带到哪儿
就带到哪儿去

东林寺山茶

天上一直落土，元朝被埋没了
东林寺的和尚一直在偷生
在土里活着。这棵山茶也没有枯死
每一年，从和尚的骨肉上
仍然绽放茶花千朵万朵

回乡偶书四

天彻底黑了，他们才来
堂屋里站着，像小煤窑凌乱
而又不堪重负的木柱子。我喊
他们的乳名，招呼他们坐下
人人都一动不动。我尽力地回忆往事
询问他们各自的生计，谁也不接话
也没人咧开嘴巴，礼节性地笑一下
有一丝敌意，隐隐约约
在不同的呆滞的目光里
我开始口吃，语无伦次，好像
真的亏欠了他们。而他们
似乎也觉得，我给他们带来了
羞耻和压力……这种对峙
持续了半个小时，不知是谁
率先走了，接着，一串黑影，纷纷
撤离，咚咚咚的脚步声，拒绝了
我近乎乞求的挽留。我怅然若失
我的母亲，却松了一口气——

他们，我的少年伙伴，在城里打工
赖城市所赐，很多人，都没有扛住
无孔不入的降服，患上了梅毒和淋病，身体里那本
邪恶的《传播学》，令人不寒而栗

回乡偶书三

坐了十天的汽车，张海涛
终于回到了家中。妻子不在了
黑漆漆的屋子，像屋子下面的地窖
荒草在意念中生长，夕阳
在地基里发芽。几只老鼠
不识张海涛，坦然地打开谷粒儿
的锁，偷走玉石。灶膛尘封已久
冷灰压住的火焰，燃烧在
邻居的锅底。张海涛拉过一把椅子
颓然坐下，椅子散了，看不见
的地方，尘埃弥漫。邻居
隔着土墙："村子里的人，都在说
你死在了东莞……"张海涛
孤单地坐了一夜，第二天，用土
封了屋门，重返他打工的漠河

回乡偶书二

河堤上的白杨树
砍光了。水黑了，河里的鱼虾
绕道，回到清泉的故乡去了
很多人，头发等白了
手等抖了，心等死了
不知在等什么。等不来的时候
身体冷了，乌鸦唱起哀歌
去年秋天，我背土葬父
朋友们带来了鼓乐和歌手
人山人海，送葬的路上
铺满纸钱和香火。不止
一个老人，拉着我的手
一边叹息，一边低声
说道：“如果，我也有一个
这样的葬礼，就没有白活！”
那夜，天似乎更黑
村庄里，响着狗吠，也响着
一阵接一阵，拼命的咳嗽声

回乡偶书一

对着家谱数数
漏掉的，还在浮世上。春节或者清明
数饭桌上的人，多出来的
人还在，座位已空
最揪心的一回：我们安葬了五叔
一家人坐下来吃饭，五婶在那儿数人
怎么数，都少一个。急得跺脚
——她根本就感觉不到
也不相信，五叔已经在几天前
走了，再也不回来了

躯壳

再过三天，父亲去世便一个月了
世界没有后退，照着原样
滚滚向前。昨天，与弟弟通电话，他说
每晚，他都梦见父亲。我安慰他
父亲还没走，还在与他一起生活
只是住在了不同的房间
梦境，是一张餐桌，是清明节
与弟弟有所不同，父亲和我
一直共用着同一躯壳，“我们”便是“我”
我一样地接受了死亡，时刻与他
争抢嘴巴、心脏和手脚。我们都爱上了
这种骨血不分的生活，少一个世界
多一个魂魄。多么令人悲伤，电话中
我告诉弟弟，也是在昨夜
父亲毫不犹豫地破壳而出，走了
他留下最后一句话：两个人
挤在一个皮囊里，迟早会撑破

与父亲书

老之至，走丢了。
医生找不回那个苍老的
遍体鳞伤的灵魂，只好在他
变形的躯体上，寻找继续活命的
概率：“别无他法，面对一个
老年痴呆症患者，我们的
处方：找一张白纸，写上联系人
姓名、电话和家庭住址。”
我们一一照办，但还是担心
如果这一张纸，装在他的口袋里
也丢了，我们该去哪儿
寻找丢失的父亲？他一度
热衷于表达自己，从鲜活
到衰败，走起路来，骨骼像一堆
碎钢筋，装在皮囊，嘎嘎直响。
现在，他终于找到了逃避的办法
在皮肤之下，把自己彻底关起
像走丢一样，默默地

回归故里。我想他那儿
一定有一架没有尽头的梯子
整天可以爬上爬下，就像轮回。
每次去看他，我都装成陌生人
不敢问他什么，怕他充满警惕
开口就问："你是谁？"
"我是您儿啊！"每一次回答
都有一颗生锈的铁钉
果断地钉进，我的脊椎。

尘土

终于想清楚了：我的心
是土做的。我的骨血和肺腑，也是土
如果死后，那一个看不见的灵魂
它还想继续活着，它也是土做的
之前，整整四十年，我一直在想
一直没有想清楚。一直以为
横刀夺取的、离我而去的
它们都是良知、悲苦和哀求
都是贴心的恩膏、接不上气的虚无
和隐秘的星宿。其实，这都不是真的
它们都是土，直白的尘土
戴着一个廉价的小小的人形护身符

大海草山

边境线内侧

路碑上，坐过许多人，每次
都有寂寞的卡车，叫他们填空
他们都有着与内陆人不一样的故事
烟岚里的雨林，冒险或亡命
秘密的小径上，大多数的身影
都值得跟踪。枪支、毒品、虎骨
似是而非的古董。偷渡，一张张脸
紧张，扭曲，在帝国之月的阴影中悬浮
无名的死亡者，束手就擒的人
贴身的口袋里，都有地图、干粮
遗书。很少有人主动选择掉头
不一样的生活，没人能说清
为什么有的人，就喜欢在梦想
与绝望瞬间互换的边境上度过而又两手空空

在勐昂镇，访佛爷

六十年前，他遁入空门
四十年前，赡养父母，他还俗
十年前，妻离子散，撑一把雨伞
他再次遁入空门。那天，也下着雨
坐在佛身下，他给我讲述
《游世绿叶经》里的典故
忆及 1959 年的那场虫灾，他说
“7 天时间，我们用手，捉了
94.4 公斤奇形怪状的虫。”
像根轴，他不动，空门和俗世的轮转
他已慢慢变枯。我翻了一下他枕边
堆着的那些经卷，有汗味，烟尘
也弥漫着一个老人羞于启齿的孤独

过缅甸一个土司府遗址

一个部落的气数，犹如寺庙
也会荒芜。残损的佛身见得太多
消失的土司，从来都是一堆
找不到的荒冢，孤单地
不来与我们重逢。兴，百姓苦
亡，百姓苦。可在这儿
最苦的不是百姓，兴，他们
敲锣打鼓；亡，他们敲锣打鼓
苦的，是倒数第二代土司
他被儿子赶出了土司府
一个个妃子，落入了儿子的怀中
他哪儿也不想去，灵魂，一直在
旁边的一座山上，徘徊，啼哭
儿子和妃子，则在土司府
倒塌了的土墙下面——
几十具骷髅，取悦一具骷髅

在蛮耗镇

红河边的皂角树上
挂着一把把黑颜色的刀。我的前生
肯定来过这儿。一个农夫
背篓里装满了香蕉，他在树下
坐了一会儿，黑色的脸上
藏着我的麻木和安详。他用他的身体
替我，活在了这儿，种植的香蕉
草不像草，树不像树，结出的果实却甜如蜜糖
他不是我重逢的，唯一的故人啊
河边的茅草屋，一位老太太
顶着白发而来。流水一样，她说
时间已经过去了六十年
同样的皂角树下，她打开一个布袋
拿出了一支驳壳枪。暗黑的光
投射到皂角树的一把把刀上
她说起了六十年前的一位团长
那人从这儿骑马北上。那时
她还是一个少女，爱上了团长
之后，她守着一支驳壳枪
一晃，就是六十年时光

渡白水记

在傣历的阳间，自由自在地流淌
用汉人的阴历，曲曲折折
跌宕起伏地记事或遗忘
——生活在两岸的人，建立过城堡
却不会战仗。他们中间，没有产生过
视死如归的战神，所有的幸福
和悲伤，也不在刀尖上。他们传唱着的
那个英雄，山上，水上，到处都有
神祇。他只是一个领着他们逃命
把逃命当成信仰的人。而且，他们
也知道，每次逃命，英雄的铠甲中
首先得藏下，他美丽的新娘
新娘的翡翠、银两和换洗的衣裳
然后，才会在匆忙之中
把祖先的魂路图，塞进刀鞘或箭囊

山中迷路记

迭迭香的气息是丝绸
羊齿草，带领着一群羊羔的游魂
最多的是山茅草，因为它
草才有了阶级性。野象和孟加拉虎
同属流亡者，树顶上的寺庙中
有它们偷偷搭设的小朝廷
自由的长臂猿，这些邮局的职工
把没有地址的信件，抄浆
制成落叶，命令它们，在晚风
的山顶，表演空中杂技
可爱的飞禽，它们总是把悬崖
当成纪念碑，乐于在深渊之上
为一朵朵团团乱转的白云
确定坐标和方位……我在那儿迷路了
搭救我的人，在另一座山上
不停地喊着我的名字，像喊一个
我从来就不认识的人

青蚨记

子时，市声渐息，取《搜神记》
读至青蚨，日记录之——
“青蚨似蝉而稍大，母子不离，
生于草间，如蚕，取其子，
母即飞来……”有人做过实验
把子青蚨，携至千里之外，埋于厚土
其母肯定会哀鸣而至，伏在地表
心竭而死，神圣又神秘
青蚨催生的现实主义梦境不止一种
其中一种古已有之：把青蚨母子
严格分开，分别取其血，涂于钱币
以求钱分母子。之后，用子币购物
则留母币；将母币存于银行
或投资股市，则留子币。总之
凡是花出去的钱，不分母子
都会因为母子情深而纷纷飞回
这就意味着，只要我们欲壑难填
花钱如流水，天空中，青蚨
就会飞来飞去，循环不已

赶夜路去勐遮

萤火虫跟天上的星星一样多
它们提着小灯笼，不为对应星星
彼此不能成为参照或灵魂
妄想，让多少黑夜里的自由和幸福
改变了方向。它们只是知足的一群
并知道自己微弱的光，妨碍不了谁
为青蛙照明，这是两种弱势阶层
天生的契约，所以，它们乐于
在青蛙的歌剧中，充当长明灯
所以，那天晚上，我怀疑全世界的
萤火虫和青蛙，都来到了勐遮
萤火虫拧紧发条，小身体
鼓荡着涡轮；青蛙，对着黑夜
鼓着腮帮，高声地叫鸣
的确，青蛙的叫鸣没有什么新意，就像婴儿
喊饿，喊出一声，之后就是
无休止的重复，我们都走远了
还在重复；我们都抵达勐遮了
睡熟了，还在重复。就好像我们
纯属多余，是一些走远了和睡熟了的人

基诺山上的祷辞

神啊，感谢您今天
让我们捕获了一只小的麂子
请您明天让我们捕获一只大的麂子

神啊，感谢您今天
让我们捕获了一只麂子
请您明天让我们捕获两只麂子

白鹳

三只白鹳，一动不动
站在冬天的水田
水上结着一碰就碎的薄冰
稻子收割很久了，冰下的稻茬
渐渐变黑。它们身边
是鹳的爪子和倒影
寂寥而凄美。水田的尽头
白雾压得很低，靠近尘世
三棵杨树，一个鸟巢
结了霜花的枯枝，在冷风里
一枝比一枝细，细得
像水田这边，三只白鹳
又细又长的脖子里
压着的一丝叹息

梅里雪山

经幡升不上去了，它已经
穷尽了人的虔诚
我匍匐着来到这儿，不为登高
也不寻找天堂的入口，只想在山脚
做几天一尘不染的异教徒
用它那没有尽头的高、白、冷
和无，教训一下体内的这头怪兽

红土流云

雨林虫叫

窃窃私语或鼓腹而鸣，整座森林
没有留下一丝空余。唯一听出的是青蛙
它们身体大一点，离人近一点
叫声，相对也更有统治力
整整一个晚上，坐在树上旅馆的床上
我总是觉得，阴差阳错，自己闯入了
昆虫世界愤怒的集中营，四周
无限辽阔的四周，全部高举着密集的
努力张大的嘴，眼睛圆睁，胸怀起伏
叫，是大叫，恶狠狠地叫，叫声里
翻飞着带出的心肝和肺。我多次
打开房门，走到外面，想知道
除了蛙，都是些什么在叫，为什么
要这么叫。黑黝黝的森林、夜幕
都由叫声组成，而我休想
在一根树枝上，找到一个叫声的发源地
尽管这根树枝，它的每张叶子，上面
都掉满了舌头和牙齿。我不认为

那是静谧，也非天籁，排除本能
和无意识，排除个体的恐惧和集体的
焦虑，我乐于接受这样的观点：森林
太大，太黑，每只虫子，只有叫
才能明确自己的身份，也才能
传达自己所在位置。天亮了
虫声式微，离开旅馆的时候，我听到了
一声接一声的猿啼。这些伟大的
体操运动员，在林间，腾挪，飞纵
空翻，然后，叫，也是大叫
一样的不管不顾，一样的撕心裂肺

江水流淌

2004年春天，我在山东莒县
风来自大海，麦苗出自诗经
博物馆后面，几个喝酒的人，在听
榆树走路的声音，它们有着
一条反向的旅程
与这些榆树不同，在诗人蓝野的老家
几个来自云南的女孩儿，早早地
做了母亲。作为老乡，我用方言
问其中一个：“想不想回去？”
她的手，把膝边的儿子拉得更紧
用生硬的山东话说：“不。我只是偶尔
会想起云南，江水流淌的声音。”
然后，迅速转身，走进了家门
可以肯定，她把我看成了
前来搭救她的人

过怒江

关于怒江，谭伯英先生说
“到了那儿，每个人都想跳下去。”
波涛里，喊你的声音在回荡
现在是冬天，怒江的水很少
河床裸露，石头安静
江边酒馆，我喝了二两
脚下生风，在向阳桥上
由北向南，182 步，我过了怒江
由北向南，到了中途
我坐到了桥面上。那一会儿
我已经忘记了，桥的下面
就是怒江。如果跳下去，那喊我
的人，她一定会热泪盈眶

飞奴

鸽子还有一个名字叫飞奴
它是飞的奴隶，是飞着的奴隶
它像奴隶一样飞。在我童年的记忆中
它总是比其他鸟，更喜欢飞，翅膀上
带着竹哨、信札和奴性。它飞
只要它一飞，人们就知道
它不会迷路，不会另择高枝
一定会原路返回。不飞的时候
它更乐于做一个奴隶，在人的掌心
或者屋檐，苦练飞的技艺。有时
没喊它飞，它展开翅膀就飞
没喊它回来，它掉转航向
箭一般快，立即就飞回
飞一样成为奴隶，飞一样地
在飞的比赛中，成为奴隶中的冠军
飞累了，飞不动了，就停在
餐桌的盘子里，对着喝酒的主人
露出黄金一样的表情，想飞
想飞起来，为主人助兴
从来也不会想起什么天空和风雨

信徒

苍山不会走向我
我躬身前往。爬到玉局峰
渐渐领悟了高度。在它的北坡
乔木杜鹃，只长根丛，全都裸露于地表
铺天盖地，是向上的铁骨
怒江，流淌在太阳落下的地方
我想当过客，走进了一条
教堂林立的山谷。那儿
蛰伏了太多的村落
匿名。向下。赞美诗
贴着河床，像石头那样滚动
——许多年了，我就这么
来往于苍山和怒江，鸡骨支床
像一个停不下来的信徒

翠湖上空的海鸥

下午四点，天空碧蓝
一群海鸥，越往高，越细小
它们在西斜的阳光下，一会儿
排成一条金线；一会儿，穿起黄金甲
排成方阵；过一会儿，散开了
像御林军，在天空里溃败……
致命的舞蹈也不过如此，不留余地的
狂欢，大抵也就是在热血中
加一些悲剧进来。让肉身成为
虚空世界的舍利子或天灵盖
——我从讲武堂走向云南大学
仰望了十分钟。我也不相信
那一颗颗有着优美弧线的子弹
竟然是清晨艰辛觅食的海鸥
两者，一点也不沾边，相差太远

小引

负担愈来愈重，精力愈来愈
不集中。翠湖边，用假嗓子卖艺
诗人的面前，总有那么多的独木桥
一再被抽空。儿子坐在临窗的位子上
嘴巴里嚼着上校鸡块：“爸爸
只要您天天带我来肯德基
我就会对您说，您的头发没有白
那只是光的缘故。”我摸了摸他的头
却不敢承诺。就像一个走在
卖血路上的人，这时候，我多想
有一个人能骗一下我，我要去的地方
不是血库，也不涉及救赎。
有很多夜晚，在一个人的书房
我把声音调到最低，听
《安魂曲》。我当然想铁骨铮铮
可我的脊梁不是上帝那根，我的思想
也不由无所不能的上帝支配
我是个凡人，伤口会痛，力会用尽

为一个拉祜老人守灵

不要打扰风声里睡觉的鸟
不要打扰，拉直了身体
站立在河床上的蛇。不要打扰
这一个拉祜老人，他刚刚灵魂出窍
也请你们，不要打扰我，我必须记住
这么多细小的山规，必须皈依
这么多蚁蝼的宗教……
老人安身的地点，曾经一层叠一层地
埋过他的祖先，他们终于手找到了手
骨找到了骨，心上草根
互相盘绕。请不要打扰啊，他们
在地下，也该歇息了
那儿静悄悄的，似乎只有一群
搬运骨头的蚁蝼，天上人间
不停地，来回奔跑

易武山顶

我保持了沉默。内心的秘密
被天边涌动而来的开阔，堵回了肺腑
想象中，有一双手，把我的双眼
蒙住了，问我除了黑暗，除了
强行奉送的黑暗，有没有其他东西
比黑暗更令人恐怖。我的眼中
闪动着刀光，似乎正在施行一个
漫无边际的手术。眼睛，靠近真相
但它脆弱。我知道，当它必须
接受一个手术，说明它看见了远方
看见了一条呼之欲出的道路
我保持了沉默，只在内心，默数着
手术刀频频向下的次数

仿杰卓山民谣

苦麻草叶镶上了月光的银首饰
上面红色的槟榔汁，如同坠在你胸前的
红宝石。鸟叫的地方，多么清静
水洗过的岩石，多么干净
在阿嫫杳孛这盖地的妈妈受孕的树底
请你让我，在你体内，把孩子的故乡
快快建起。你听，造物的神啊
她在我的身体里，一直喊着你的名字
让你，贴着我的心脏生
让你，死在我的心脏里

神侃

两个人的战争

一个蹲在棉花地里磨刀的人
一个手握闪电，在云朵里侍机跳出的人
他们不是一个人，是实实在在的两个
不是对应，亦非投影。不是
苍茫的空中战场上，决一死战的对手
他们各干着各的活计，各抱着
各的武器，各打着各的
一场被按住了、又收不了手的战争
他们不是我的两极，也不会
相聚在我私人天空的客厅里。我听不见
他们说话的声音，不知道他们
为什么要射击。很多年了
我在世上追赶飞行的弹头
弹壳，却装满了我虚弱的身体

昭通东晋霍氏墓壁画

上面有一只鸟
长了三只脚。从少年时代
第一次看见它，我一直就觉得
它长在胸膛上的那只脚
是一支铁箭。它飞行在空中
被铁箭从地上射中。多坚定啊
这一只鸟，它没有在意外的伤害中
沉沦，而是用自己的骨血，宽容地
一点一点地滋养，把铁箭变成了
一只多余的脚。不过，令人
多少有些悲伤，这只鸟
它飞行在坟墓中

田鼠的歌唱

田鼠在地下歌唱，它们黑暗的声音
穿透了自己黑暗的身体。它们
迷宫般的洞穴与人世有别，伦理、美学
和立场自成一体。谁都知道顶上就是
黄金堆集的稻田，再高一层
就是透明的天庭，但它们乐此不疲
张着一张张小嘴，在暗处
唱个不停，细碎的牙齿跃跃欲飞
仿佛地下建起了一座伟大而自由的演播厅

浮华

大理苍山，靠近玉局峰
一个山谷中。乔木杜鹃，每年春天
都把花粉，一点不剩地
给了一座悬崖。登高看雪的那天
我路过那里，怎么也不习惯
一座石头的悬崖，从里到外
都被渗红了，散发着浓烈的脂粉香
旁边的一泓溪水，里面则埋伏着
一群清冽的哑巴

菩萨

每一根甘蔗里，都建起了一座
小小的糖厂。那些古老的茶树下面
渴死的人，排起了长队。一个台湾来的
茶客，悄悄跟我说：“死了，我就
来云南，砍棵茶树做棺木……”
每个寨子里，都有寺庙，我领着他
听诵经，接受约束。花，菩萨说
开吧，花就开了；树，菩萨说
绿吧，树就绿了……“在这片土地上
每一种物体内，都住着菩萨或其他神灵。”
我跟他边走边说，他若有所悟
又一次悄悄地对我说：“死了，我就
埋在茶树下，但我希望，草不要长高
一定要让我，躺在土里，也能看见
寺庙、江水和日出……”我俩
在寺庙的旁边，嚼食着甘蔗
树上掉下一个杧果，打中了他的头颅

深夜，奠边府听阿炳

有着缜密、精准、合身的计算
泪就是泪，水就是水，琴声就是
琴声。泪和水不是从弦上渗出
泪是人的泪，水是江河水
泪有具体的重量，水有确切的立方
琴声，人知琴有声，不知手亦
有声，心亦有声，泪亦有声。水的声
是阿炳体内的骨灰，被秋风吹起
又被月光吹回……今夜，在奠边府
窗外就是江河，河床运送的水
不多，不少，每一个波浪，都像
统一定制的公共产品，有相同的商标
尺寸和外形。保质、定量、恒久
正从阿炳的弦上，源源不断地
运往苦难王国的一个个超市

奔丧途中

一个世界终于静下。不再
端着架子：有的声音的确醉人
耳朵却已经失灵。滇东北的山野
处处都有绝处逢生的风景，那一双眼睛
却被掏空了。关闭了。土地
贫瘠或丰饶，已经多余
那一个人，他的手脚，已经休息……
在 360 公里长的高速路上，我亦感到
有一个人，从我的身体里
走了出去，空下来的地方，铁丝上
挂着一件父亲没有收走的棉衣

离别咏

在大河分岔的地方
我们摆下临风酒宴。即将奔赴
不同的雪山，流水的琴声中
鲟鱼取下细碎的鳞片
给裂腹鱼赶制防寒的铠甲
朝圣的路太远了，乌龟把怀中经卷
送给了螃蟹。那时候，我们多么年轻
没心没肺，相信未来，龙鲤升起于
河床的哭喊，水草中，毒蛇交配时
骨头折断的脆响……全都成了
笑料，而不是仪典。现在
回想起来，所有的苟活者
无一不痛彻心脾——
鲤鱼在云南下落不明；到了西藏
鲢鱼缺氧，被冰川掩埋
美丽的金线鱼，爱上青海
死在了青海……当时，为什么
不抱抱他们，为什么不跟他们

多喝几杯？三十年了，流水没有
送回他们的容颜，大河之上
只剩下苟活者！天啊，这是
多么的荒诞，这又是怎样的一种晚景

青海印象

旷野上

儿女们没有理性的痛苦，逐步演绎成
他们的信仰：这是一尊神灵
的死亡。他已经让世界空空荡荡
他已经让泥土，主动站起身来
打开门，抱走他，又将门轻轻地关上

儿女们缺少理性的信仰，加剧着
他们的痛苦：这是一个逃亡者
最后的逃亡。他在旷野上东躲西藏
像土豆，每年都把自己埋一次，但又一次次
被刨出土壤。这次，他安稳了，不再慌张

儿女们的心魔，在旷野上彷徨
是暮晚凛冽的北风，拂过
小小的坟冈。他睡熟了，只有深埋的
石头，在滚动，嘎嘎作响。一轮明月
悬浮于天空，阴冷而忧伤

德钦县的天空下

不能再远了，我已来到了
雪山林立的德钦县。好多年没有
在如此遥远的地方独处了
天啊，我似乎真的找到了一个
只有一个人居住的县。我真的看见了
没有人的雪山。我真的像一个
乡下的木匠，建起了一座永恒的圣殿
仿佛，我真的，有了一次机会，在佛塔里
走丢了，却又活着，从其尖顶爬了出来

本能

沉默于云南的山水之间
不咆哮，不仇视，不期盼有一天
坐在太平洋上喝酒。那年春
过泰山侧，朝圣曲阜，我清洗了
喉里的鹦鹉，脑内的菩萨
胸中的雪山，不想，不说，不动
本能地痴傻，本能地哑巴
本能地呆若木鸡。最后，本能地跪下
匍匐时，我把耳朵贴在源头，听见了
大地的心跳，一个不死的人，出于本能
在下面，怀抱着雷暴……圣贤已逝，魂还在
出巡。云南虽然偏远，他亦频频
莅临，令我更加沉默、拘束、昏沉
唯傣历年，饮酒，泼水，狂欢
方才像他一次：“暮春者，春服既成
冠者五六人，童子六七人
浴乎沂，风乎舞雩，咏而归。”

光辉

天上掉下飞鸟，在空中时
已经死了。它们死于飞翔？林中
有很多树，没有长高长直，也死了
它们死于生长？地下有一些田鼠
悄悄地死了，不须埋葬
它们死于无光？人世间
有很多人，死得不明不白
像它们一样

石门关

我把这关口理解为苍山
喘气的地方。肺，喉咙，嘴唇
用绝壁说话，用清泉清洗俗世
用一线蓝天保存敬畏。白雾很辽阔
但它，但它们，没有动，没有扮演
卷地而来的马队，所谓遮蔽
只针对石头的光阴，青草的人民
当地的一个作家，嘴巴贴着我的耳朵
“这是苍山的门。”我抬手摸了一下
他的肩膀，想说点什么又开不了口
谁都以为可以从这儿进入苍山
客厅、沙发、床，征服者
抑或座上宾。我没有如此无畏的奢求
爱它，隔着生意兴旺的度假山庄
隔着十万亩的核桃林

飞过头顶的云

我多半已经倦怠了，跟不上它
变幻的节奏；我的心肠
已经慢慢地粗硬了，再不能与它谈论
“什么才是保存体温的棉絮？”
我怎么能与它相比，躲在群山后面
它是隐形的自由的象征
出现在顶上，它是公开的天空的化身
是我漫无边际的敌人
现在，我想把它安插进我的身体
让我能够像火焰一样地上升
可我抓不住它，它要我静静地，在地上
跟着它，像一个没有童贞的少女
把自由和幸福，安放在梦中

低调

过一种低调而朴素的生活
在书橱与大自然之间，在笔尖之上
然而，今夜，奥登，请原谅，我必须模仿
你的诗句。有关她的消失
她曾经是我的春，我的夏，我的秋，我的冬
我以为我可以抓住她，像抓住解冻的河流
飞翔的云朵，贴着大地的黄叶和白颜色的雪
和你一样，我也错了，两手空空
这时光的灵柩多么漆黑！烛火吹熄
下楼的阶梯仿佛陷阱串在一起
她的声音，她的微笑，她的呻吟，多么微弱
没人能听见，可对于我，仍旧是轰鸣
她不会再来了，低着头，带着安慰的勇气
她也不会再消失了，重复一次，我就得死

度外

有人说起过我的从前，在没有记忆的
人群中间；有人说起过我的爱情
在没有想象的青草旁边。还有人说起过
我的对手：一个砍树的少年
他在刀锋上面，他在大树倒下之前
我什么也没说，我站在我的生命之外
我刚从一个书摊上站起，我正在回家
手上提着布罗茨基，一个被放逐的人
一个放逐了世界的人，他在世界上死去
又在书本上返回越来越坏的世界
那时候我非常孤单，人人都走在我的前面
人人都在以最快的速度，死去活来
我提着书，减价的布罗茨基，减价的语言
一个人走在自己的屋子外
走在自己的记忆与爱情的夹缝里
向我的对手询问我与他的宿怨
那时候我很孤单，像个没有心肝的少年

种子

火焰的种子，落满了
大江暴露的河床
这些流水的牙齿，加在一起
就可以成为一部为刽子手而写的传记
它们曾经锋利过，薄薄的
比什么都薄。现在，它们则像一群
无辜的鲫鱼，没有了血肉，只剩下白骨
这剩下的，主流时代的掉队者
这死去的，内讧王朝的牺牲品
它们因古老的秘密
坐享着一条江的寂静

蜘蛛

是的，她的身体是我的小庙
在荒山野岭之上，被风雨不停地拍打
又被飞鸟装饰的那一类
而且我也不是风尘仆仆的信徒
一个过路客，像途经伤口的刀叶
我能留给她的仍然是破损与斑斑驳驳
能够做罪人中的一个
能够在走远了之后毫无悔恨和愧疚
在这样的欢乐之中，我绝不会
逢人就讲，她的身体像一朵百合
她的身体，其实，我们都去过
那儿有一只蜘蛛，红颜色，但无毒

纪念苇岸

苇岸死的时候，浑身只剩下骨头
他曾说，北京的春天，杨树的芽是红的
在我居住的云南，塞满春天之胃的
却不仅仅杨树的芽，还有蜘蛛细碎的骨架
它们是白的，向下掉的，静止的……
而在另外一些地方，春天来临或者走远
我们看见的往往是一部部为狮子
撰写的历史，以及许多迅疾的记忆
我没有见过苇岸，只是听说
这一个坚强的素食主义者
在病重之时，曾努力地为爱他的人们
吃鸡、吃鱼、吃鸭子，直到他那虚弱的身躯
布满了汗水。可在弥留之际，他又说：
“保命大于信仰，这是堕落。”
我想，同为土地共同体中的普通公民
这仍可以理解为，春天的宫廷中
发生的一次短暂的政变。一个赤子
一个圣徒，他看见了大地在喧哗中变得
越发的荒芜，他当然也能看见
他死后，那仍属于他的红色的孤独

望乡

枝条

这些纯洁的花朵让我无地自容
它们在一根根枝条上走动
枝条，在这一带的山冈之上，每一根
都是有灵的，山冈一动不动
枝条，一根枝条的体内
飞翔着一百根枝条的头颅
还有一千朵或者更多的花，在它体内
如此密集，如此纯洁，奔跑、死亡或下沉
我仅仅握住一枝，可我的悲伤
却布遍了死亡的河床

记忆

我还能如此清晰地记起从前
这真是奇迹：一个姓张的盲人，在河流上
练习飞翔；一个姓李的木匠，在屋顶上
模仿狼哭；一个货郎，姓刘，摇着手鼓
在一个新寡的妇人屋后吞金自尽
他们一齐埋伏在我的记忆之中
这真是奇迹，我的时间为他们倒流
我的身躯因他们而裂开。那是从前
我的寨子：云南，昭通，石头生崽
处处都弥漫着生命的尘埃

阿鲁伯梁子以西

西，雪边的西；或者在断层的阴影里
藏着几十个县的寂静。
西，金沙江心脏旁边的西；有时候
一座山的外面，仿佛爬升着云南所有的雷霆。
牧羊的人们，细如沙子
少如黄金。他们赶着羊群，每只羊的腋窝中
都有北回归线的气温；都有一场
小小的葬礼。许多人没有注意——翻过一道山梁
就会有人在闪电的光下，给另一个人刮光
头发和胡须；那些跟着云朵赛跑的人
他们和我一样，忽前忽后
就像吊着的钟摆，在自己的身体上航行
就像几十个县的面孔，被统一清洗……
我在那儿有过自己的一堆篝火
在真实和虚幻之间，慢慢地变成了灰烬，无色，无味
没有声音。有人说，它是石块的浆汁
或者，风的身体。

昆明的秋天

昆明的秋天一贯反对
透明，这和我故乡的秋天有着天壤
之别。两种秋天，我只喜欢
其中一种。它是谁，相信每一个人
都能轻易地猜中。但是，这并不是
什么问题，在黏糊糊的空气中
我相反可以找到许多陌生的
寄托，离熟悉的、亲近的、爱的东西
越远，我可以变得更加冷漠
也更容易自己营造皮肉的
安乐窝。热带黑夜的品格，黝黑
湿度重，充满诱惑与反诱惑

秋风辞

有人在我的梦中，不停地绕圈
苍茫的云南忽近忽远。那是令人赞叹的
黄昏，落日的火，烧红了山峦
我问绕圈人：“能否停下，让我在寒冷
抵达之前，多收集几筐火焰？”
他缄默不语，低着头，继续绕圈
瘦弱的身体里，仿佛正在建设
一座秘密的水电站

石头

我拒绝它们自动裂开
并向我奔来；我拒绝它们向我敞开
并朝着我独自澎湃。我热爱它们
完整的形状，在这如此寂静的夜晚
傻傻地，在高原之上
被风提起来，放下去，放在黑暗的
心脏旁边。是的，我不想看见
它们黑暗的心脏，在裂口内
被虚假的火光，镀上一层
金灿灿的光亮。这些无须唤醒的物种
在我的时间段上，还得经历
一次次在劫难逃的沉降

埋葬

在我的窗台上
整齐地放着几封没有寄出的信
触窗而亡的飞蛾，零乱的小尸体
自由地打开，但又冰冷地收缩着
它们在信封上，可能是地址
但也可能是路途。我的窗外
这些天一直在下雨，用恋人的话说
雨水淋着世界，人类拒不忏悔
恋人的话，激起我对晴天的期待
我想，一旦天放晴，我就去邮局寄信
顺便把死去的飞蛾
埋葬在都市的底层

高速公路

我想找一个地方，建一座房子
东边最好有山，南边最好有水
北边，应该有可以耕种的几亩地
至于西边，必须有一条高速公路
我哪儿都不想去了
就想住在那儿，读几本书
诗经，论语，聊斋；种几棵菜
南瓜，白菜，豆荚；听几声鸟叫
斑鸠，麻雀，画眉……
如果真的闲下来，无所事事
就让我坐在屋檐下，在寂静的水声中
看路上飞速穿梭的车辆
替我复述我一生高速奔波的苦楚

渡江

一头孟加拉虎渡江而去
对面就是梅里雪山……
雨林中的动物奔向寒冷
我怀疑事件的真实性
也怀疑孟加拉虎临死前的叫鸣
和一座神山的寒冷

南风

草原

大地之心正对着蓝天
这些青草，共用了我的血汗
和我一起，用一滴马泪
替换了大海。它们的幸福和悲伤
我一眼就能看见。此时，它们正在变黄
——它们刚从去年羊群的舌尖上归来

生活

我始终跑不出自己的生活
谁能跑出这落在地上的生活，我就
羡慕他；如果谁还能从埋在土里的生活中
跑出，我就会寂然一笑，满脸成灰
已经三十九岁了，我还幻想着
假如有一天能登上一列陌生的火车
到不为人知的地方去
我一定会拆下骨头
洗干净了，再蒸一蒸……
已经尽力了，整整三十九年
我都是一个清洁工，一直在
生活的天空里，打扫灰尘

在日照

我住在大海上
每天，我都和大海一起，穿着一件
又宽又大的蓝衣裳，怀揣一座座
波涛加工厂，漫步在
蔚蓝色天空的广场。从来没有
如此奢华过，洗一次脸
我用了一片汪洋

底线

我一生也不会歌唱的东西
主要有以下这些：高大的拦河坝
把天空变黑的烟囱；说两句汉语
就要夹上一句外语的人
三个月就出栏、肝脏里充满激素的猪
乌鸦和杀人狂；铜块中紧锁的自由
毒品和毒药；喝文学之血的败类
蔑视大地和记忆的城邦
至亲至爱者的死亡；姐姐痛不欲生的爱情
……我想，这是诗人的底线，我不会突破它

三个灵魂

第一个将被埋葬，厚厚的红土层中
紧贴着大地之心，静静地安息
第二个将继续留在家中
和儿孙们生活在一起
端坐于供桌上面的神龛，接受他们
祭奠和敬畏；第三个，将怀着
不死的乡愁，在祭司的指引下
带上鸡羊、银饰、美酒和大米
独自返回祖先居住的
遥远的北方故里

欢乐的蚂蚁

在自己的梦中练习长跑
它们首先穿过原野，之后，它们
穿过了黑夜。那一段路，什么也看不见
它们中的几位，还被草叶
打断了肋骨。最后，它们才开始
围着一座城市跑。绕着圈子。一支细小得
可以省略的队伍，它们
在自己的梦中练习长跑

青铜小令

铸铜史上有许多秘密的技法
掺入孤独，掺入白银和夜色；有的还
掺入生辰与宿命。异质相融、相匹配
合为整体——我多次惊诧于
它的重量和硬度，以及梦境的成分
在人与物互为参照之时
它是唯一有血的物，唯一的
时光最忠诚的奴仆
我怎么敢自比青铜呢
我与它不可同日而语，我的体内
全是一个个打破了的鼓

疑问

多少根青草才能长成一根羊毛
多少亩红土才能约等于一张羊皮
多少个春天，多少条河流
才能换取羊肝、羊肺和羊心
迟缓的羊眼、羊角和羊蹄
它们该耗尽多少光阴才能把
满肚子的羊奶送抵生的反面
在滇东北，在我的故乡昭通
有个疑问我一直无法问：多少柄小刀
才能结束一头羊的性命？多少头羊
才能组合成一个牧羊人？我知道
所有人都会选择终身沉默
因为一个牧羊人和一根草
他们的尺寸相等

大鱼

梨树

把它育大，让风吹它
它就有了姓氏，在高出屋顶的地方
开出白颜色的花；把它的花收走
让它和盲人一起抱着云团，在空气的楼梯上
爬上爬下，并在躯体的最低处
筑起一座座汁液的宝塔……
它带来的不是意外之喜，有着姓氏的树
有梨，还有杏、李、枣和柿
一大堆，在站台上，等待着搬运
像盲人想象了一生的光，它们是黑的

飘逝

太阳落了，应该说，我跟天空的关系
也就断了，空荡荡的天空犹如前世
月亮升起来了，应该说，我跟夜晚的关系
就更加密切了，空荡荡的黑夜犹如来生
像我这样的人，我还能奢求什么？
我本不是刻意的挖掘者
难道我还能从江水中挖出一把琴来？
我也不是什么了不起的诗人
难道我还能在诗句中豢养无数的奴才？

归去来兮辞

“东方不可留，冷风萧瑟
南方不可留；遍地霜迹
西方不可留；天降大雪
北方不可留；雷霆赶着暴雨
尹红龄兮归来，我在昆明等你！”
尹红龄是韩旭老友
传说遁入了空门
那夜，在故园餐吧
韩旭大醉，长发飘飞
为尹红龄招魂
我、朱霄华、倪涛为之垂泪

深夜的祭典

夜间十二点
我将屋顶上的蜡烛全部点燃
然后撕开一块
石头，把里面的那只死鸟
拿了出来
安葬在云南东北部的沙丘地带

小学校

去年的时候它已是废墟。我从那儿经过
闻到了一股呛人的气味。那是夏天
断墙上长满了紫云英；破损的一个个
窗户上，有鸟粪，也有轻风在吹着
雨痕斑斑的描红纸。有几根断梁
倾靠着，朝天的端口长出了黑木耳
仿佛孩子们欢笑声的结晶……也算是奇迹吧
我画的一个板报还在，三十年了
抄录的文字中，还弥漫着火药的气息
而非童心！也许，我真是我小小的敌人
一直潜伏下来，直到今日。不过
我并不想责怪那些引领过我的思想
都是废墟了，用不着落井下石……

鹭鸶

2002 年 4 月 16 日，在云南
水富县新滩乡，两只鹭鸶在大雾中
顺着横江河床缓慢地飞。它们的速度
比江水慢，两边的山体、竹林
和榕树，是它们的背景
坐在“五代同堂”的陈氏牌坊下面
我一边整理关于匪患的采访笔记，一边
期待着它们飞去又飞回。屁股下的石凳
50 年前，无数放哨的土匪坐过
它有些冰冷，但确实又还藏着
走投无路者的体温

河流

被劈开的空气，在它走远之后
才发出破碎的声音。它已经什么都不知道
在它的身后，我们被黑夜所笼罩
空气，是黑色的。作为唯一的亮色
它曾经带给我们很多梦想
我们都想像它一样：患有多动症
而且能把所有的高山劈成两半
我相信所有的河流都是一支刀斧大军
正如我相信在亡灵游荡之处，我是孤独的

背着母亲上高山

背着母亲上高山，让她看看
她困顿了一生的地盘。真的，那只是
一块弹丸之地，在几株白杨树之间
河是小河，路是小路，屋是小屋
命是小命。我是她的小儿子，小如虚空
像一张蚂蚁的脸，承受不了最小的闪电
我们站在高山之巅，顺着天空往下看
母亲没找到她刚栽下的那些青菜
我的焦虑则布满了白杨之外的空间
没有边际的小，扩散着，像古老的时光
一次次排练的恩怨，恒久而简单

亲人

我只爱我寄宿的云南，因为其他省
我都不爱；我只爱云南的昭通市
因为其他市我都不爱；我只爱昭通市的土城乡
因为其他乡我都不爱……
我的爱狭隘、偏执，像针尖上的蜂蜜
假如有一天我再不能继续下去
我会只爱我的亲人——这逐渐缩小的过程
耗尽了我的青春和悲悯

图书在版编目（CIP）数据

长啸与短歌 / 雷平阳著 . -- 北京：中国人口出版社，2020.8
（云南 60 后诗人丛书）
ISBN 978-7-5101-6159-9

Ⅰ . ①长… Ⅱ . ①雷… Ⅲ . ①诗集 – 中国 – 当代
Ⅳ . ① I227

中国版本图书馆 CIP 数据核字 (2020) 第 170927 号

长啸与短歌
CHANGXIAO YU DUANGE
雷平阳 著

责任编辑 姚宗桥 刘继娟
绘 画 陈 流
装帧设计 孙 初 申 祺
责任印刷 林 鑫 单爱军
出版发行 中国人口出版社
印 刷 北京精彩世纪印刷科技有限公司
开 本 889 毫米 ×1194 毫米 1/32
印 张 7
字 数 84 千字
版 次 2020 年 8 月第 1 版
印 次 2020 年 8 月第 1 次印刷
书 号 ISBN 978-7-5101-6159-9
定 价 55. 00 元

网 址 www.rkcbs.com.cn
电子信箱 rkcbs@126.com
总编室电话 (010)83519392
发行部电话 (010)83510481
传 真 (010)83538190
地 址 北京市西城区广安门南街 80 号中加大厦
邮 编 100054